5 mai 1898

AF340927

Vente du 5 Mai 1898

A TROIS HEURES

AQUARELLES

PAR

Lucius Rossi

M. Léon TUAL, Commissaire-Priseur.

M. Georges PETIT, Expert.

AQUARELLES

DE

LUCIUS ROSSI

PARIS — IMPRIMERIE GEORGES PETIT

12, RUE GODOT-DE-MAUROI, 12

CATALOGUE

DES

AQUARELLES

DE

LUCIUS ROSSI

Ayant servi à l'Illustration du BRÉVIAIRE D'AMOUR

Par le Baron REY ROIZE

DONT LA VENTE AURA LIEU

GALERIE GEORGES PETIT

8, RUE DE SÈZE, 8

Le Jeudi 5 Mai 1898

A TROIS HEURES

<table>
<tr><td align="center">COMMISSAIRE-PRISEUR
Me LÉON TUAL
56, Rue de la Victoire, 56</td><td align="center">EXPERT
M. GEORGES PETIT
12, Rue Godot-de-Mauroi, 12</td></tr>
</table>

EXPOSITION

GALERIE GEORGES PETIT, RUE GODOT-DE-MAUROI, 12

Du Lundi 25 Avril au Mercredi 4 Mai 1898

DE 10 HEURES A 6 HEURES

CONDITIONS DE LA VENTE

Elle sera faite au comptant.

Les acquéreurs paieront *cinq pour cent* en sus des adjudications.

DÉSIGNATION

AQUARELLES

Le Livre de la Marquise

FRONTISPICES & CULS-DE-LAMPE

1 — *Avis au public* (Frontispice). (Page 1.)

2 — *Avis au public.* (Page 5.)

3 — *Dédicace* (Frontispice). (Page 7.)

4 — *Dédicace.* (Page 10.)

5 — *Déjà vue* (Frontispice). (Page 13.)

6 — *Écrit un jour de pluie.* (Page 16.)

7 — *Nous n'irons plus au bois.* (Page 19.)

8 — *En visite.* (Page 25.)

9 — *Vieux hôtels.* (Page 27.)

10 — *Château-fort.* (Page 30.)

11 — *A la même, etc.* Page 32.

12 — *Partons!* Page 41.

13 — *Apaisement.* Page 46.

14 — *Sur son album.* Page 64.

15 — *Revenez-y.* Page 69.

HORS TEXTE

16 — *Après une conversation.* Page 36.

17 — *Voyage en Grèce.* Page 38.

18 — *Remember.* Page 56.

19 — *Effets de bras.* Page 66.

20 — *Adieu, paniers!* Page 72.

21 — *Regrets académiques.* Page 78.

SUR SON ALBUM. Page 64.

LE SUD. Page 110.

A l'Aventure

22 — *Une Nuit de Paris* (Frontispice). Page 85.

23 — *Une Nuit de Paris*. (Page 96.)

24 — *Invitation à diner*. Page 102.

25 — *Sphinx blond*. Page 105.)

26 — *Bains de mer*. (Page 107.)

27 — *Le Nid*. (Page 111.)

28 — *Le Club des moineaux*. (Page 125.)

29 — *Dessus de porte* (D'après Watteau). (Page 132.)

30 — *Impromptu*. (Page 134.)

31 — *Visite matinale*. (Page 140.)

32 — *Les Merises*. (Page 145.)

33 — *Une Nuit au château*. (Page 147.)

34 — *Ostende*. (Page 153.)

35 — *Je voudrais vous aimer*. Page 157.

36 — *Excuses à la marquise.* (Page 160.)

37 — *Vu à Saint-Pierre de Rome.* (Page 164.)

38 — *Déjà le feu!* (Page 166.)

39 — *Le Duel.* (Page 176.)

40 — *Panique aux champs.* (Page 179.)

41 — *Souvenir de l'hôtel Beau-Rivage.* (Page 183.)

42 — *P. P. C.* (Page 185.)

43 — *Le Triomphe.* (Page 193.)

HORS TEXTE

44 — *Le Nid.* (Page 110.)

45 — *La Toilette* (D'après Lancret). (Page 126.)

46 — *Ostende.* (Page 150.)

47 — *Néo-grecque.* (Page 168.)

EXCUSES A LA MARQUISE (Page 160.)

NÉO-GRECQUE (Page 168)

APOTHÉOSE (Page 197)

Élégies galantes

48 — *Apothéose* (Frontispice . Page 197.

49 — *Apothéose*. Page 200.

50 — *Crépuscule*. Page 202.

51 — *Diane*. (Page 206.

52 — *Les vaines fleurs*. (Page 208.

53 — *Souvenir*. (Page 211.)

54 — *Vous n'avez pas voulu...* (Page 213.)

55 — *Baptême du feu*. (Page 215.)

56 — *Maison close*. (Page 218.)

57 — *Fin de saison*. (Page 222.)

58 — *Rideaux tirés*. (Page 226.)

59 — *Veille de départ*. (Page 229.)

60 — *Claudia*. (Page 233.)

61 — *Je veux trouver...* (Page 235.)

62 — *Stella Maris*. (Page 237.)

63 — *Souvenir de Sorrente*. (Page 239.)

64 — *Anniversaire*. (Page 243.)

65 — *Téléphone sentimental*. (Page 250.)

66 — *En Partant*. (Page 252.)

67 — *Conversion*. (Page 255.)

68 — *Dans les airs*. (Page 261.)

69 — *En regardant Blanc-Blanc*. (Page 263.)

70 — *Premier Amour*. (Page 266.)

71 — *L'Éphèbe*. (Page 268.)

72 — *Les trois Sœurs*. (Page 274.)

73 — *Libre*. (Page 277.)

74 — *Galanterie posthume*. (Page 284.)

75 — *Adieux à mes lecteurs* (Frontispice). (Page 287.)

76 — *Adieux à mes lecteurs*. (Page 289.)

77 — *Aquarelle*.

Cette aquarelle n'a pas été reproduite dans le livre.

HORS TEXTE

78 — *Diane.* (Page 204.)

79 — *Si tu veux.* (Page 220.)

80 — *Téléphone sentimental.* (Page 244.)

81 — *Le Cyprès.* (Page 280.)

GALANTERIE POSTHUME (Page 284.)

www.ingramcontent.com/pod-product-compliance
Lightning Source LLC
LaVergne TN
LVHW021100050726
842519LV00005B/1765